15258

I

ÉPITRE AUX MAUVAIS RICHES

II

CONSEILS

D'UN PÈRE A SON FILS

A SON ENTRÉE DANS LE MONDE

ÉPITRE AUX MAUVAIS RICHES ⁽¹⁾

Hommage de l'Auteur à M. Frédéric Jacqmin *(Ingénieur).*

> Des riches sans pitié, qu'ici j'ai voulu peindre,
> On dit l'espèce rare (et c'est mon sentiment) ;
> Fût-elle peu commune, elle est toujours à craindre.
> Tout opulent sans cœur mérite un châtiment.
>
> E. Bérat.

Vous ne m'entendrez pas, en fougueux utopiste,
Nier les droits sacrés de la propriété :
Je blâme hautement l'opulent égoïste ;
Mais son bien, quel qu'il soit, doit être respecté.....
Le partage entre tous n'est point ce que j'envie :
Non, ce rêve, jamais ne troubla mon cerveau.
La mort seule, ici-bas, des choses de la vie
Entre tous les humains établit le niveau.
Je ne soutiendrai point que, devant la misère,
Le riche, indifférent au cri d'humanité,
Quand la soif et la faim tyrannisent son frère,
Sur ses coffres pleins d'or devrait être fouetté.....
La raison me conseille un plus noble langage :
Ne voyez pas en moi l'implacable frondeur ;
Je préfère exprimer la parole du sage,
Avec des mots puisés à la source du cœur.....

Si le sort en vos mains a placé la richesse,
Savourez ses douceurs, vivez dans les plaisirs.
Sous les lambris dorés, où la foule se presse,
Dans un monde élégant, contentez vos désirs.

(1) Nouvelle édition.

De splendides blasons chargez vos équipages,
Acquérez à tout prix de rapides coursiers;
Habitez les châteaux aux pompeux apanages;
Recherchez les grandeurs, moissonnez des lauriers.
Quand l'hiver vient glacer le cristal des fontaines,
Oubliez ses frimas près d'un feu pétillant,
Et que les meilleurs vins circulent dans vos veines.
Dansez aux sons joyeux d'un orchestre bruyant;
De diamants, de fleurs, femmes, ornez vos têtes.
Caressez votre orgueil et vos goûts vaniteux;
D'un luxe sans exemple embellissez vos fêtes;
De l'opulence, enfin, jouissez, rien de mieux.....
Mais, pour mériter l'or, riches, semez l'aumône
Dans le champ du malheur et de la pauvreté.
Voulez être admis près du céleste trône?
Consacrez vos instants à la fraternité;
Opposez vos bontés à la douleur amère
Du mortel qui gémit et ne possède rien;
De votre superflu faites son nécessaire,
Vous remplirez alors les devoirs du chrétien.....

J'ai vu (pour votre honte) un digne prolétaire,
Déjà chef de famille et riche de vertus,
Adopter l'orphelin sans secours sur la terre,
Et l'accueillir chez lui comme un enfant de plus!...
J'ai vu de vos pareils, au sein de l'opulence,
Refuser une obole à l'indigent sans pain,
Consommer dans l'orgie une folle dépense
En oubliant ainsi l'homme qui meurt de faim.

Pour triompher enfin de votre cœur rebelle
Aux lois de la nature et de l'humanité,
Dois-je ici vous tracer une image fidèle
De l'un de ces réduits par le pauvre habité?

C'est l'humide mansarde, où la santé s'altère,
Que rien ne garantit des outrages du temps,
Où j'ai vu des enfants accablés de misère,
Presque nus, souffreteux et de froid grelottants ;
Êtres déshérités, privés de nourriture,
Frappant l'air de leurs cris et maudissant le sort ;
En proie aux longs tourments d'une horrible torture,
Dont ils verront la fin dans les bras de la mort.....
Près d'eux, dans ce taudis, où la vive lumière
Du beau soleil de Dieu n'a jamais rayonné,
Une femme en haillons, qui venait d'être mère,
Expirait de besoin près de son nouveau-né ;
De son lait maternel, dont la source est tarie,
En vain l'enfant chétif implorait le secours,
Et l'ange de la terre, au début de la vie,
Vers les anges du ciel s'envola pour toujours !.....

Dois-je vous peindre encor la triste destinée
De pauvres artisans qui chôment de labeur,
Dont la famille attend le prix de la journée
Pour calmer de la faim l'incessante rigueur ?
Le chagrin les dévore et la fièvre les mine ;
Pour vivre désormais ils devront mendier.
Dans leur sombre réduit, bientôt de la famine
Le spectre menaçant prend place à leur foyer.
Une heure est un tourment, un jour, un long supplice ;
Leurs nuits sont sans repos ; couchés sur des grabats,
D'une angoisse poignante ils boivent le calice,
Et, dans leur désespoir, demandent le trépas.....

Vous, qui regorgez d'or, de ces scènes pénibles
Je ne veux point douter que vous puissiez gémir.
Mais il ne suffit pas de s'y montrer sensibles ;
Votre plus saint devoir est de les prévenir.

Eloignez-vous souvent des vanités du monde,
Visitez chaque jour l'asile du malheur ;
Soyez pour l'indigence une source féconde
Dont les flots abondants soulagent la douleur ;
Et, quand vous connaîtrez la noble jouissance
Réservée à celui qui répand le bienfait,
Vous rougirez alors de votre indifférence,
En regrettant le bien que vous n'aurez pas fait.....

O riches sans pitié ! que le sort favorise,
Cessez d'être orgueilleux, montrez un cœur humain.
Aujourd'hui, votre esquif, protégé par la brise,
Dans les flots agités peut s'engloutir demain.
L'argent que vous semez avec tant d'abondance,
Pour étancher la soif de vos ardents désirs,
De l'homme qui n'a rien finirait l'indigence ;
Votre bonne action doublerait vos plaisirs.....
A vos frères souffrants plongés dans la détresse,
Donnez l'abri, les soins, les aliments, le feu :
En comprenant ainsi l'emploi de la richesse,
Vous serez tous bénis des hommes et de Dieu !

Eustache BÉRAT.

CONSEILS D'UN PÈRE A SON FILS

A SON ENTRÉE DANS LE MONDE

Hommage de l'Auteur à M. et Mme Lerot (Hambourg).

Comme le jeune oiseau, sous les feuilles nouvelles,
S'éloigne en voltigeant du nid qui l'a porté,
Mon fils, loin de mes yeux, pour essayer tes ailes,
Tu vas donc respirer l'air de la liberté !...
Des plaisirs d'ici-bas les menteuses amorces
Vont charmer tes regards sous mille aspects riants :
Dans mon expérience, ami, puise des forces,
Afin de mieux braver leurs appas attrayants.
Le monde est l'Océan dont la vague agitée
Te cache des écueils perfides et nombreux.
Mon enfant, si par toi ma voix est écoutée,
Tu pourras triompher de ses flots dangereux.....
En lançant ton esquif sur cette mer immense,
Où le bien et le mal se donnent rendez-vous,
Adopte pour devise : *Honneur* et *Bienfaisance :*
C'est ainsi qu'on a droit à l'estime de tous...
De ce doux nom d'ami (titre dont on abuse),
Qui peint en un seul mot le plus tendre lien,
Sois avare, mon fils ; c'est un mot que l'on use
En l'employant souvent, quand le cœur ne dit rien.

Ainsi que la vapeur, intrépide coursière,
Maîtrisée aujourd'hui par le génie humain,
La science, en marchant, laisse au fond de l'ornière,
La routine caduque et poursuit son chemin.
Repousse les conseils de la vieille habitude,
Par des sentiers nouveaux recherche le succès.
A la vive lueur du flambeau de l'étude,
Mon fils, marche en avant sur le char du progrès!...
Quel que soit ton savoir, soit exempt de rudesse :
Un docteur impoli n'est jamais approuvé;
Manquer de savoir-vivre est une impolitesse
(On peut être savant et fort mal élevé).
Si la plume docile obéit à ta verve,
En traçant sous tes doigts le langage des dieux,
Que toujours, dans tes vers, une sage réserve
Charme de ton lecteur, l'esprit, l'âme, les yeux.
Les nobles sentiments conviennent au génie;
Le poète, jaloux des suffrages flatteurs,
Doit semer les beautés d'une riche harmonie
Sans l'emploi de ces mots qui font rougir les mœurs.

Si du prix de l'honneur la faveur t'est promise,
Tu dois t'en croire digne avant de l'accepter :
L'insigne récompense, injustement acquise,
Pour tout homme de cœur est trop lourde à porter...
Ami, pour te venger d'un faquin qui te fâche,
Ne sois jamais l'auteur d'anonymes écrits :
La vengeance cachée est une arme de lâche,
Et celui qui s'en sert est digne de mépris.

Comme ces étourdis, piliers de tabagie,
Préférant le délire à la franche gaîté,
Oubliant la morale au milieu de l'orgie,
N'épuise point ta bourse ainsi que ta santé.

Abrutis par l'ivresse, ils traînent dans la fange
L'honneur de la famille, et perdent la raison;
Souscrivent en riant maintes lettres de change
Qu'ils acquittent plus tard... (par des jours de prison).
On les a vus parfois, caressant tous les vices,
Libertins effrénés, s'abandonner au mal;
Figurer dans l'émeute en coupables complices,
Et, rongés de remords... mourir à l'hôpital...
Sache employer les jours que le Seigneur te garde,
A soulager les maux de celui qui n'a rien;
De ton frère souffrant visite la mansarde :
Pour être heureux, mon fils, il faut faire le bien.

Trop vain de son blason ou fier de sa richesse,
Si ton semblable un jour te traite avec dédain,
Punis sévèrement l'insolent qui te blesse;
Mon fils, lève la tête, et réponds-lui soudain :
« Un honorable nom, sans noble particule,
« Est égal, à mes yeux, aux titres éclatants;
« Et, le bon sens public efface un ridicule
« Que de sots préjugés ont protégé long-temps.
« Content de mon destin, je n'en cherche point d'autre;
« Modeste dans mes goûts, je sais me rendre heureux.
« Par la valeur de l'or, s'il faut juger la vôtre,
« Vous valez *plus* que moi, mais ne valez pas *mieux*.
« Sachez que les mortels prétendent vivre en frères;
« Pour le bonheur de tous, ils unissent leurs cœurs,
« Et, de l'esprit humain les splendides lumières
« Réduisent à néant les fatales erreurs.....
« Sur le temps à venir tout mon espoir se fonde :
« La vérité luira chez les peuples divers;
« La sainte *Liberté*, cette reine du monde,

« Doit nous donner un jour la paix de l'univers ! »
Mon enfant bien-aimé, par ce ferme langage,
Tu sauras placer l'homme à sa juste hauteur,
Et prouver sûrement à celui qui l'outrage,
Que Dieu nous créa tous égaux devant l'honneur.

Si d'un fils tel que toi le ciel te favorise,
Prodigue-lui les soins dont tu fus entouré ;
Qu'il soit, pour son bonheur, fidèle à ta devise ;
Tu le verras toujours justement honoré.
Inspire à ton enfant le goût de la science,
Prépare sa jeunesse aux généreux élans,
Impose-lui la loi de la reconnaissance,
Et le profond respect qu'on doit aux cheveux blancs...
Si tu veux l'exhorter à fréquenter le temple,
Où l'on écoute en paix l'enseignement divin,
A ton précepte, ami, tu dois joindre l'exemple :
Celui qui prêche ainsi ne prêche pas en vain.....
La conscience pure est le bonheur suprême ;
Elle est dans les chagrins un consolant appui.
Conserve avec ardeur l'estime de toi-même,
Si tu veux t'entourer de l'estime d'autrui.....

Pour défendre les droits de la France chérie,
Si tes concitoyens t'honorent de leur choix,
Prouve ton dévoûment à ta mère-patrie,
En votant pour son bien de salutaires lois.
Surtout n'imite pas ceux qui, de la tribune,
Blessent la dignité par des discours honteux,
Pensent dans le désordre acquérir la fortune,
Et soulèvent le peuple (en l'exploitant pour eux) ;
De troubler le pays il se font une fête.

Ces cruels ennemis de la société
Osent prêcher le calme en rêvant la tempête,
Confondent la licence avec la liberté.
Etouffe les clameurs de ces sectes impies,
De ces tribuns sans foi, sans âme, sans aveu,
Qui versent les poisons de folles utopies,
Et vont jusqu'à nier l'existence de Dieu !.....

Au banquet de l'hymen veux-tu prendre ta place ?
Préfère à la beauté la richesse du cœur :
La beauté, qu'on admire, avec le temps s'efface ;
La vertu, des saisons ne craint point la rigueur.

De ce siècle d'argent redoute l'influence ;
Que l'objet de ton choix soit ton plus cher trésor.
Ne fane pas les fleurs de ton adolescence,
En vendant tes beaux jours en échange de l'or.....
Que l'amour le plus pur enivre ta jeune âme ;
De tes devoirs d'époux sois toujours pénétré.
L'amour est un rayon de la céleste flamme ;
Et, ce qui vient d'en haut doit être vénéré.

J'ai voulu t'aplanir le chemin de la vie,
Où l'homme, à son début, marche avec embarras.
Te sauver du péril est mon unique envie :
Un père est un ami qu'on ne remplace pas.
J'ai rempli mon devoir, pour t'épargner des larmes,
En empruntant la voix de ton ange gardien ;
Contre tes ennemis je t'ai donné des armes ;
Pour en être vainqueur, sois un homme de bien.

Novice matelot, sur ta frêle nacelle,
Voyage avec prudence, en voguant vers le but.
Choisis pour gouvernail l'égide paternelle,
Et mes conseils d'ami pour ancre de salut.

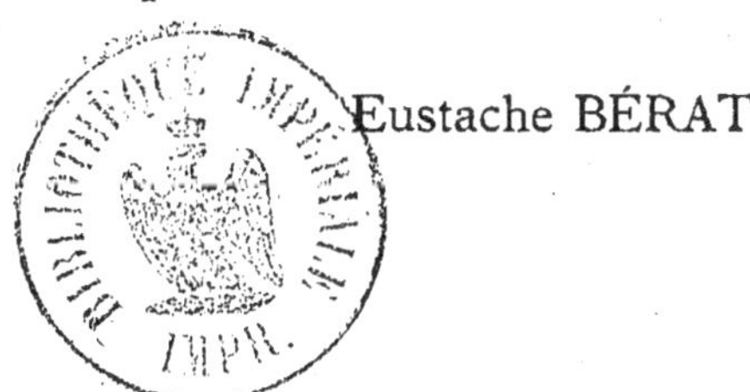

Eustache BÉRAT.

ROUEN. — IMP. E. CAGNIARD.